藤波舞歌集

mainichikorekoujitsu

舞日是好日

青磁社

舞日是好日＊目次

藤波舞歌集

舞日是好日

散策かねて

主客共にマスク姿の茶席なり慣れてしまえばおかしくもなく

躙口《にじりぐち》風といっしょにくぐりゆく午後の茶会にうぐいすを聞く

新調の草履に併せて更衣用事ないけど出かけてみるか

お稽古に使ってみよう蓋置きはタイのみやげのナプキンリング

横文字で書かれし和菓子微妙なり抹茶点てよかそれともコーヒー

継ぎし炭白に変わりて尉《じょう》となる幼がオセロというはおかし

吾亦紅《われもこう》、狗尾草《えのころぐさ》を床に活く幼き頃の道草の花

蹲居《つくばい》のそばに今年も鮮やかに黄の色まぶし石蕗の花

濃茶席赤楽茶碗の由緒聞き茶の味ぐっと深まりゆきぬ

マスクしてアクリル板越しにお相伴を滑稽なるも慣れし今頃

お茶花は足で活けよというらしい散策かねて裏山めぐる

躙口《にじりぐち》出ずるや紅葉眼前に秋風共にそっと頬を撫づ

紫楽に

虎が雨降る休日を虎御前偲んでひとり薄茶点ており

茶会終え使いし道具に礼を言い十字に結ぶ黒真田紐

黒南風《くろはえ》という名の和菓子《かし》で抹茶点て憂うつな時間《とき》しばし忘れる

蹲居《つくばい》に水掬すれば秋の雲吾が手にありて悠に流れる

茶会にて徳風棗《とくふうなつめ》で盛り上がる偶々《たまたま》きょうは一粒万倍日

秋茜《あきあかね》結界石で躊躇するどうぞお入りこちらが茶席

坪庭の蹲居《つくばい》凛と置かれあり今日の茶会を見守る如く

蹲居のそばに一株ほととぎす我が茶室にも秋深みゆく

稽古終え一人で茶点て金平糖かみくだきつつ一年振り返る

こんなにも健気であったか白椿一枝手折りて紫楽《しがらき》に挿す

美しく食むことも

茶席にてそっと足先ふれてみる足袋にかくれたペディキュアの紅《こう》

うぐいす餅美しく食むことも又茶の湯の稽古　修行は続く

「薫風」の軸掛けた朝茶室には青葉若葉の香り漂う

躙口《にじりぐち》ちょうちょと共に私も春の茶会はピンク色なり

新調の夏帯締めるうれしくて少しの音にも笑顔こぼれる

真田紐上手に十字に結べたと水屋手伝う幼き社中

青々と苔にぬれたる蹲居《つくばい》に一本の柄杓横たわる　愛し

黒羊かん硯見立ての菓子皿で式部偲びつ石山寺で

コンチキチン床に桧扇一枝活け菓子は烏《う》羽《ば》玉《たま》薄茶を点てる

床の軸「瀧直下三千丈」文字力すごし瞬時汗ひく

青蛙

願わくば輪廻の末は青蛙亡き師の口癖思い出しおり

師の望み叶ったろうかせめてもの蛙尽くしで追善茶会

すみません明日のお稽古休みますメモと一緒に蠟梅一枝

沸き過ぎし真形《しんなり》釜に水差せば茶室も一瞬静まりかえる

きらびやか金春緞子《こんぱるどんす》着せられた炉辺の茶入は能楽師の如

梶の葉にためてはこぼす露数滴　葉蓋点前で客に涼味を

幾人の手を経てわが家に来たるかな鶴首茶入の澄ました姿

床に挿す秋明菊と水引草小さな風が茶室にそよぐ

古萩茶碗

罅《ひび》入りの古萩茶碗は吾が宝はじめて夫の呉れし物なり

炉開きという銘の椿咲きました　名残りの席に一足早く

丁寧に濃茶練りつつ思うなりこの茶を賞める母もういない

日常の雑多なことはさておいて一人静かに濃茶練る吾

家元から喜寿の祝いに賜りぬ火入れ早速今日の炉開き

秋日さす茶の稽古後の茶室にて動画とる孫歌を詠む吾

大好きな侘助椿咲きはじむ炉開きの朝少しはしゃぎぬ

炭点前若き社中脇を締め湯を満たしたる釜軽く持ち上ぐ

孫と点て合う

対座して孫と点て合う一服のお茶の碧さは幸せの色

虎の絵のお福茶碗で回しのむわが家の初釜笑いてすごす

茶室には春の日だまりゆるゆるとお茶にしましょ自服で一碗

歴代の家元の名を暗記して得意気に披露幼き社中

感謝して掛軸かえる月初め和毛《にこげ》ブラシで気分も一掃

こぼれ出る金平糖の愛らしさ瓢箪型の振り出しも又

絶好の小春日和に炉を開く松寿という名の香をたき添え

盆の上なつめ茶杓と茶碗おく黄金比とはまさにレトリック

鬼萩茶碗

床に一つ赤き椿の開きつつわが一日をじっと見ている

いこる火を一人眺めて胸熱く初心に戻り又前向きに

大好きな鬼萩茶碗見かけより柔い手ざわり茶の味いや増す

思い立ち薄茶一服点てて喫む春の日だまり甘露・甘露と

母の日の子どもらからの贈り物持ち重りする赤楽茶碗

秋茶会形見のショール当ててみるひそかな香り母と同行

蹲居の水満たしたり今日よりの若き社中迎えるうれし

床に梅「梅が香」という香も焚き茶室は正に春爛漫

訪問着しつけ糸解く初茶会心うきたつ幼にかえる

ハローウィンのおばけ描かるる茶碗にて幼と味わう一服楽し

朝寒や母の残せる晴れ着きて今日の炉開き無事にといのる

紅白の梅描かるる茶碗にて佳き年祈りつ一服味わう

明けまして結び柳の床の前ハッピーニューイヤー干支茶碗

コンゴのお客

辰年のわれの茶の師とわが孫はその差六回り薄茶点て合う

「懸釜」見て飛び込むコンゴのお客様フランス語とび交うクリスマス茶会

茶会終え客との語り思い出し稀有な出会いの余韻にひたる

夏は来ぬ茶箱卯の花マスターした得意気にいう幼き社中

萩焼きの俵手茶碗を置き合わす徳風棗で豊穣祈念

綿の足袋しまり心地の快さ秋風けってさあ茶会へ

赤トンボ君は特別結界越えどうぞお入り野点て茶席へ

ほんのりと雪の花咲く庭の木々ついつい見とれて時を忘れる

身の内に鳴る

水点ての薄茶好みし亡き母は身の内に鳴る風鈴あると

一服の薄茶の香味馥郁と脳と体に元気みなぎる

夕照庵緑に包まるる茶席にて終始聞こえる子規の声

床の間にススキと団子並べおき軸は「秋の野」きょうは十五夜

茶会にて一位《いちい》の茶杓大好評イチイ細工で席賑やかに

一位の木縁起良い木のはずなのにその実入れると魔女の毒鍋らし

茶会にて初めて出会いし蝙蝠《こうもり》桐《ぎり》うしろ姿がファンタスティック

花びらを彫れる雪洞蓋置を炉縁に置けば茶室は春満つ

茶会終え一息ついて薄茶点て皆でハートフル菓子の茶事する

古を稽える

秋の蝶躙口から先に入る床の木槿《むくげ》に誘われたのか

秋深し母の形見の生地仕立て秋袷着て茶会を巡る

稽古とは古を稽《かんが》えるという意らし古からの学び無限大なり

ぜんざいのあずきの香り匂やかに厨中に漂う炉開きの朝

利休忌に久しぶり会う友の顔掛物「和合」心して読む

ホトトギス無釉のつぼに活けてみる居心地悪いかはばたきたいか

坪庭の踏石のみ込むドクダミのすさまじさいやむしろ気高さ

要精進

蹲居の柄杓に受くる寒の水気持ちは熱く躙口入る

蹲居の氷にうつる明けの空キラキラキラキラと宝石のよう

はらはらと梅花散らす坪庭の風を茶室に招き入れたり

茶会終え会記しみじみ見る吾に要精進と父の声する

早起きし第一席にすべり込む蹲居のそば笹鳴き聞こゆ

河骨《こうほね》の黄色い花が咲いたのにその名のせいで床にあがれず

花以外何もないのに主客共心満たされ茶室しずまる

藤房のはじける音に驚いて思わず種を拾わんとする

遠来の友と連れもて久々の茶会に臨む我ら若やぐ

年始め寺で味わう醍醐味は禅の思想と茶の湯のコラボ

軸「無事」は要らないものは持たぬこと心の在り様《よう》見つめてみよう

躙口出るや秋風ほおに受くもみじが一片足元に来る

石蕗の黄色い花に秋の蝶斑《ふ》入りの葉っぱ笑顔のような

床に挿す梅のつぼみが開く時炉中の香《こう》と香り競うか

薄雪に蠟梅ひかり吾を呼ぶ活けて欲しいと言ってるような

まなざしは

長男がふと吾を見るまなざしは亡夫《つま》に酷似《にに》ていて心ざわつく

テレビ消しラジオも消して耳すます今夜は亡夫と虫の音を聞く

耳元に「風に生まるるうぐいすの」亡父《ちち》ろうろうと謡う声する

謡曲「竹生島」

酒のこと「液体美女」というらしい夜毎に美女をはべらせし夫

やわらかき雨降るきょうは庭の花あれこれ摘んで姉を訪ねん

横顔の母に似てきしわれならん未だだよと母の声する

久々にそっと実家の戸を開けるただそれだけで吾は華やぐ

がんばれ！と書かれしメモは亡夫のもの密かに息づく引き出しの中

博多帯きりりと締めたはずなのにそのきりり感母に及ばず

呉服屋をのぞきゆきつつ亡母想う着尺羽尺の言葉なつかし

出会いたり少しかすれた亡父の文字本の間の栞の裏に

春の野によもぎ摘みする老女あり母の草餅口中に満つ

オンザロックころっと音する秋の宵この時期この音好きだった夫

今は亡き父母《おや》の言葉は今われのことばとなして子孫に伝う

紫の色鮮やかな花菖蒲母が好みし柄の帯締む

だからね

だからねと話し始める義姉《あね》の癖もう一度聞きたし遺影見つめる

日傘閉じ母に私が見えるよう夏空仰ぐきょうは命日

このところ夏の昼寝の束の間にきまって亡夫《つま》が顔出し話す

里帰り代わりばんこに坐ってみる母の愛したロッキングチェア

母の顔アルカイックだったよね皆でかしまし思い出語る

引き出しに亡夫の使いし万年筆彼の名前をそっと書いてみる

一寸待て会話の始まりいつもそれ亡夫の口癖ふとよぎる日々

仏前の礼儀正しき水ようかん居ずまいどこか母に似ていて

母ゆずり今ではいっぱしグリーンサム花も野菜も実のなる木々も

日傘閉じ見上げた雲の形みるポンパドールの母の髪型

記憶より少し美人の遺影の母その顔だんだん若くなりゆく

仏壇の前で思い出語る時夫はだんだんいい人になる

父母なくも夜爪切るのははばかる少し悲しい春の時雨夜

八百比丘尼

就中《なんかずく》あなたの声がいちばん好き顔や性格全《みな》さておいて

なつかしや母の着物の裏紅絹《うらもみ》にほおずりすれば少し悲しい

バースデーもう年取らぬ夫のため皆で消しますケーキのろうそく

「ただいま！」大声出すも返事なく余りに遠い彼岸の君は

診断結果異常無しとはやっぱりね八百比丘尼とはあなたのことよ

姉の居間背に服着てるどの椅子も老いの時間はゆっくり流る

畦道を埋め尽くしおる彼岸花一枝手折りて墓前に供う

桜散り心淋しくなる頃に偶々見つけた母の髪かざり

思い立ち牡丹餅作る彼岸の入り母の味にはまだまだだけど

まだ温き牡丹餅供える仏前に母のコメントふと耳元に

天花粉母又子ども想い出すポンポンポンポンと胸のあたりに

夕焼けに亡夫とチーズと赤ワインひとり沁々思い出しおり

名月にそのイヤリングご法度よたしなめくれし母もういない

ベランダのはるか向こうの雲の峰父に見えたり母に見えたり

梅が咲く度思い出す母のこと残しし羽織の裏地の梅を

母寛ぐロッキングチェアはその昔楓であったこと知らないだろうな

干し柿にせんと柿皮むく吾に指を切るなの母の声する

天に住む父母にはいつも笑顔でと良きことだけを知らせています

紫の桐の花見てふと思うわれ生れし日に桐植えた父

転生が叶うとしても必ずや父母の子・子らの母でありたい

庭の苔深き翡翠のその色は母の形見の指輪にも似て

寝る前の読書の幕は栞かな母が使いし夢二の美人画

月見つつ夫の残ししコニャックを秋の夜長に一人嗜む

待ってましたボジョレヌーボー解禁日まずは夫《あなた》にファーストグラス

宝物ひとつ選べというならば夫の形見の柘植の駒押す

デモクラシーソーセージ

清明や庭の草木が笑い出す新調如露出動開始

がまずみはあじさいもどきの白い花陽の光うけ実赤くなるらし

久しぶり皆でそろって懐石を一汁一菜春の足音

水馬《あめんぼう》はじきとばしてにおいかぐキャラメルアート大好物です

春風が花を散らすと嘆く子はわずか五歳の幼稚園児なり

春のどかもの皆まどろむ昼さがりいかつい顔してふと欠伸《あく》ぶ犬

老いの坂下りるスキルを磨きつつしばし現役悔いなきように

投票日デモクラシーソーセージみたいなものがあればいいのに

半夏生今夜のメニューはたこ尽し稲の根付きを皆で祈ろう

初夏の風琵琶湖を渡るヨシ笛の音色すずやか奏するは友

幼き子覚えたばかりの文字と絵を如露水で描くストリートアート

裏年三年

友逝ってふと思い出すかげ踏み遊び片陰伝いに逃げ切った彼

雨の野路ほのかに香る忍冬《すいかずら》赤毛のアンに思いを馳せる

コロナ禍に負けない心改めて言い聞かせ聴くパティスミス

春風に揺らぐ藤波美しきことわが名を思い愉悦覚える

漸くに柚子熟るるさまでかしたり苦節裏年三年を経て

芽吹きつつ木は木の形思い出すがんばれ春はもう手が届く

洗車雨って牛車を洗った水らしいけん牛星の節水願う

誕生日無意味なことがしてみたい薔薇という字を書いてみよう

夜《よ》濯《すすぎ》をしつつ眺める大花火夏ならではの景色に陶酔

落葉樹毎年自分を更新す自分の容《かた》思《ち》い出しつつ

ほんのりと雪の花咲く庭の木々ついついつい見とれて時を忘れる

滑覓

公園で「小さい秋」の声がしてふり向けば母子でうたう姿楽しげ

ママと幼児《こ》が一つコートに顔を出す吾にもあった母子一体の日

なつかしや菊の匂いが漂って蚊取り線香過去につながる

こんなにも可愛かったか滑莧《すべりひゆ》花盛りなりしばし鍬置く

滑莧どんなとこにも顔を出す暴れん坊の花言葉もち

雨上がりアリの行列動き出す順序ぬかさずえさ運ぶなり

秋日和はるばる訪ねる友のためせめてしばらく留めておきたい

すごいよね！言われてみれば嬉しくてお世辞でもいい心揺れます

立ったまま枯れてる木って悲しすぎ枯れてることにいつ気付くのか

枯れ草の間でツクシ顔を出す里山に春変わらぬ姿

想い出は何にも増して宝物膨らませたり温めたりす

幼児の足音ぱたぱた春の雨ぬれても平気かフェルトシューズは

母子共に髪にお粥の離乳食どんどん食べて大きくなあれ

何年経てど

きらきらりすらりと伸びた花菖蒲葉ずれの音またインクレディブル

大胆な構図に圧倒春挙展色鮮やかな青が伸びゆく

淡雪が枯木に化粧をほどこして枯木であること忘れさせてる

夜が明けてうぐいす鳴きて青空で十全十美の誕生日かな

花筏ゆるり流れる春の午後しばらくならんで歩いてみよう

葉も花も今年もみごとアーモンド何年経てど実結ばぬまま

ステキでしょ庭の枯木がポーズとる人には聞こえないだろうけど

オンライン研究会

落ち込んだわれの心に入り込む短歌はまさにカウンセリング

庭の花町の店先子らの声裏の山にはうぐいすが鳴く

シャボン玉子らにつられて吹いてみる宙をただよう虹色の玉

胡蝶蘭カーテン越しの陽が好きか鉢の移動が朝一の仕事に

オンライン研究会に初参加若返り効果抜群なるかも

はからずも遠来の友二人居て少女のようにしゃべるは楽し

これだけがせめての絆賀状書く一人一人の顔うかべつつ

犬なのか猫かも知れぬ雪の道足跡楽し寒さ忘れる

水と炎で

庭の隅黄を尽くしたる蒲公英《たんぽぽ》は今まさに絮《わた》となりとびたたんとす

パラプリュイ小さな声で言ってみる途端に雨が光り出したり

こんな時何てことばをかけるのか友がいとし子なくしたる時

久々に友より長き便り来ぬ愚痴も自慢も元気の証し

鳥の声ちゃんと文法あると聞き耳をすませて聞き入る今朝は

雨上がり雀並んでミーティング議題何だろフェンスの上で

氷点下庭に植えたるやぶ椿朱を乗せたまま身じろぎもせず

ラジオから流れるワルツに小躍りし辺り見回し顔赤らめる

愛しきやし庭いっぱいのかすみ草かすかに聞こえるベイビーズブレス

「淡」はわが好きな漢字のひとつなり水と炎で「あわい」と読むを

十月の菊むらさきに染まりたり「うつろい菊」と昔びという

幼児の柔毛《にこげ》をゆらす春風に新米ママの母性は疼く

コロナ禍の窓開け放つ教室にマスクを正す子供らの顔

お習字の手本のような年賀状しばし見入りてその字をなぞる

小さなピアス

コスモスが窓いっぱいに広がってバックミラーに秋が過ぎゆく

初夏の窓いっぱいに柿若葉育ちて居間は床みどりなる

鉛筆の転がる先に見つけたりいつか失くした小さなピアス

ヒメスイバ所かまわず顔を出す姫とは名ばかり勇ましいこと

アンクレットちょっと気取ってつけてみる芭蕉にあやかりあやめ草みたく

夏の風呂新調浴衣待っている香水一滴垂らしてみよう

白花《はな》つけたスペアミントを撫でるよう優しい風が香りおこして

愛犬キキ歩を止め一寸空を嗅ぐ秋の近づき確かめおるか

のっぺりとほおに感じるこの風は又三郎のいたずらよきっと

もみじ葉を数多《あまた》集めてより分ける形よき葉は栞にしたい

活発に雲動きゆく秋の空近山暗く遠山明るし

窓は額いつか見たよなこの景色日傘さしたる女性横切る

秋の夜読書やっぱり紙が好き机上にツンドクこれも又よし

彩々の葉という服を脱ぎすてて体の線の美しき幹たち

栗や柿梨もりんごも好きだけどすぐには花を思い出せない

我が心いやす役目の庭の花蜂蝶バッタも皆サポーター

「父母」をさす「かぞいろは」とは言い得て妙江戸の手習い今に通じる

琵琶湖岸彼方の竹生島を背に真赤に咲いた彼岸花たち

童子の気配

襖閉め灯りも消したはずなのに童子《わらし》の気配　いいことあるか

老木の枝先に見っけ！新松子《しんちぢり》確かに元気もらったような

冬の庭片身をさらす木守柿どんなカラスに啄《ついば》まれたか

雪うさぎポストの上にのせてみる幼な心は不滅のような

裏庭の倒木雪で薄化粧結界の如く泰然自若

言ったよね言った言ったとゆずらない尖った若さが妙になつかし

用事ないと言いつつ電話くれる友一人暮らしはもう慣れたかな

使わなくなりて久しき広辞苑ブックエンドが大事な役目

雪うさぎ目は南天か千両かその赤き色吾を励ます

梅咲いた梅が咲いたと大声で皆に知らせる雪つもる朝

久し振り皆《みんな》そろって鍋かこむ袖まくりあげ今日鍋奉行

雪間からほんのりピンクにじませて雪割草は地に低く咲く

早春《はる》の庭恥ずかしそうなカタクリは余りに若いムラサキ色で

吾が庭にピースサインの双葉たち春はそこまで来ているからね

湖里庵

あらためて健三郎を読み返す好きな箇所に二重線引く

はからずも鮒寿司食す「湖里庵」で今日周作生誕百年

初めての檸檬《れもん》収穫うれしくて画集の上に置いてみようか

一人居の淋しさ紛らす又三郎、座敷童子も寒太郎も

そういえば食べたことある虎杖《いたどり》に　幼き頃の道草偲ぶ

初めての白花つけし胡蝶蘭何か吉きことありそなきょうは

久しぶり友とのデートに虎が雨　仇討ち語る歴女の友は

友がする仔犬の話とめどなく子育ての日々ふと思い出す

前を見てすっくと立ち居るその姿まるで杜若　憧れの人

久々に愛犬《キキ》との散歩犬も又五月の空をじっと見上げる

薫風に確かに感じるよき香りきょうは香水つけないでおこう

吾の前医者と僧侶が立ち話居心地悪くあらぬ心配

一本の傘

猛暑の日家にこもって本を読む時空を越える旅に出ようか

一本の傘に四人はちょっと無理まずは語源調べてみよう

口びるの左をあげて笑う癖そうあの友の顔夢にみる

起きぬけにバカラのグラス口びるにはさみて水を一寸リッチに

小さき種植えたる後にそれぞれの形に育つを朝毎に見る

オンライン皆の笑いにタイムラグあり可笑しくて又皆笑う

万愚節さして愉快とも思えぬが手《て》薬《ぐす》練《ね》引いて子どもらは待つ

銀杏散る窓見やりつつ館長のギャラリートーク笑いて聞かん

啓蟄や自粛のドアを一寸開け友と二人で温泉旅行

磯菊にコットン被せて着せ綿に果たして老いは払拭できるか

パンドラの箱らしきもの見つけたりひとまずそっと一人で開ける

別名を小鬼田平子《こおにたびらこ》といううらしい粥に入れるの一寸躊躇す

黙々とジャムを煮る吾もしかして媚薬を作る魔女に見えるか

「あら素敵」わが庭のぞき人過ぐる侘助一つ花つけた朝

ダメ・イヤは頭脳の澱《おり》といわれればこまめに洗い清潔にせん
月見上げカレッジソング歌ってみる全部歌えるわれに拍手

グッチカラー

赤トンボ青いトマトに止まったらグッチカラーで心がさわぐ

目の前にクモの糸垂れ夏はいく友の訃報を新聞に知る

夏盛りサングラスかけ草餅を食べてみようか蕉村のように

レットイットビー老化順調クラス会あんた誰、誰、私よ私

起きぬけに魔女の一撃うけたとう友との旅は又もやオジャン

若き日に確かにあった私にも純愛ディソナンスというものが

マドレーヌ紅茶につけて食べてみる記憶に挑戦プルーストみたく

抱いた子の口調でママが返事する遠い昔の吾思い出す

寒空に負けるものかと白いバラ一斉に放つ香りよきこと

庭先の楓の木々は陽を受けて灯ともすように赤く輝く

片足立ち老いと若さのバロメーター一人こっそり試してみよう

曲　者

蕗味噌の出来ばえ如何に家族らの評価気になる口元をみる

短歌《うた》のネタ探し求めて渉猟す食べ歩きからデパート巡りまで

ホトケノザ物々しい名で呼ばれるがその花開く様いと羞《やさ》し

本を読む人読まない輩叶うなら読む側の人でありたいもの

楽しみは所狭しのわがガーデン開花結実見届ける秋

花の季に咲きおくれじとセンニチコウ野分けの風に抗《あらが》いつつも

不意に来て早足に去る曲者は言葉とならずわれを悩ます

庭の隅遠慮勝ち咲くカタクリが上目遣いで吾を見つめる

大正硝子

真如堂茶室に向かう廊下のガラス庭木もゆがむ大正硝子

わが庭にふんだんに咲く芍薬は真の花とか一寸距離おく

しゃぼん玉歪み整え高みへとわが人生もかくありたいと

心太幸せ積めば崩るるかさもありなんと秋風が吹く

血の色は命のあかり生みたての卵飲みほす今日勝負日

音合わせするかのようなくま蟬のざわめき聞きぬベッドの中で

久しぶり頭を休め体をも今日こそ正に寧日《ねいじつ》と言う

小刻みにうなずきながらハト歩く何をそんなに納得しおるか

除夜の鐘各々の年各々が惜しむ気持ちのやり場に迷う

受験生サイン・コサイン・タンジェントこれって役立つ?真顔で質問

もしイブがりんごを食べねば今頃は　想像ふくらむ皮むきながら

山かけた問題当たる夢をみた目ざめた朝に師の訃報聞く

対マンで負けを知らない姪孫は四歳児なり擦り傷多し

胡蝶蘭ですわよって顔してるそんな胡蝶蘭私大好き

友が逝く冬の晴れ間のループ雲なわとび好きの彼の顔に見える

耳三つ

余りにも見事な紅葉にバス降りる行きずりなれど紅葉狩りせんと

友からの急な誘いに嬉しくてなるべく綺麗な方のコートきて

秋晴れのテラスで憩う吾のこと物言いたげな鳥じっとみている

一時の冬の晴れ間になき友の笑顔が突然降ってくる

耳三つ囁くという字不気味なり語源調べて不気味さいや増す

eyeって象形文字？たしかにね子供の感性まさに脱帽

外灯の明かりの下でメモをとるとっさに溢れる言葉とまらず

塾帰り子どもらみんなスマホ持ち液晶の光顔に浴びいる

久々に取り出したる文庫本去年の黄葉の栞見つける

お彼岸に必ず花咲く彼岸花仏様との約束らしい

ようやっと源氏物語読みおえし胸の余韻はしばし続くか

今更に韋編三絶日々すごす極めたいことあれもこれもと

晩学の短歌の道は奥深く牛虎卯《うしとらうさぎ》三頭過ぐる

解説

水と炎の間《あわい》のような

永田淳

藤波さんが朝日カルチャーセンター京都の「はじめての短歌」教室に初めて来られたのは二〇二一年九月のことだったらしい。藤波が舞う、というその鮮やかな印象を残す名前に劣らず華やかな佇まいの方が入って来られた、というのが第一印象であった。

その藤波さんが昨年（二〇二三年）の冬に突然、青磁社の事務所を訪ねて来られ歌集を出したいと言われる。短歌を作り始めて三年弱、教室に来られてからまだ二年そこそこしか経っていないのに歌集を出す、というのはいかにも早すぎる気がした。普段の教室でも多くを語られる訳ではなく、自己主張が強いといった感じにも見受けられなかったのだが、出したい時に歌集を出す、というキッパリとした意志が気持ちよくも印象的であった。

茶道を本格的にしておられるらしく当初からお茶の歌を多く出されていた。

　「懸釜」見て飛び込むコンゴのお客様フランス語とび交うクリスマス茶会

　茶会にて徳風棗《とくふうなつめ》で盛り上がる偶々《たまたま》きょうは一粒万倍日

の歌に見るような「懸釜」「徳風棗」といった独特の茶道用語はその名の持つゆ

かしさと相俟って、お茶にはまったく不案内な私には興味深く感じられた。

　これは私の完全な偏見であるが、茶道と言えば古式に則った作法を重んじるもの、というイメージがある。しかし引用一首目もそうだが、

お稽古に使ってみよう蓋置きはタイのみやげのナプキンリング
茶席にてそっと足先ふれてみる足袋にかくれたペディキュアの紅《こう》
明けまして結び柳の床の前ハッピーニューイヤー干支茶碗
茶会にて初めて出会いし蝙蝠桐《こうもりぎり》うしろ姿がファンタスティック

といった外来語を織り交ぜたお茶の歌が集中には多く見られる。そこには型にとらわれることなく、柔軟に物事を楽しもうとする藤波さんの姿勢が見て取れるだろうか。タイ土産にもらったナプキンリングが蓋置きに使えそう、という発想は新しいのではないか。この発想はしかし、当時世界に向けて門戸を開いていた都市、大阪堺に生まれ育った千利休の思想を受け継ぐものであるかもしれない、などとお茶を知らない私などは思ってしまう。

　足袋に隠して自分だけが知っているペディキュア、初めてみた蝙蝠桐の紋をフ

アンタスティックと言ってしまう、そういった遊び心が随所に見られる。
もちろん、そんな歌ばかりではなく

黒南風《くろはえ》という名の和菓子《かし》で抹茶点て憂うつな時間《とき》しばし忘れる
こんなにも健気であったか白椿一枝手折りて紫楽《しがらき》に挿す

黒南風という梅雨時期に吹く風の名を持つ和菓子、白椿を信楽焼の花器に活ける刹那の心の動き、に見るような規矩のしっかりした歌が、歌集にくっきりとした奥行きを与えてもいよう。

罅《ひび》入りの古萩茶碗は吾が宝はじめて夫の呉れし物なり
丁寧に濃茶練りつつ思うなりこの茶を賞める母もういない
水点ての薄茶好みし亡き母は身の内に鳴る風鈴あると
秋日さす茶の稽古後の茶室にて動画とる孫歌を詠む吾
歴代の家元の名を暗記して得意気に披露幼き社中

「吾が宝」はやや言い過ぎかとも思うが、亡き夫が初めて呉れた物、というのがいい。古い記憶を今に伝えるかのような鋳も効いている一首目。三首目で母は薄茶を好んだことが分かるのだが、濃茶を練りつつ亡き母を思う。母を思うからこそ余計に丁寧に練るのだろう。その母がかつて言った「身の内に鳴る風鈴」というのも、なんとも魅力的なフレーズだ。動画を撮る孫はいかにも現代的であるが、その傍らで「いま・ここ」を歌にしている自身を活写する四首目。お茶は単に自身の趣味だけではない。それは亡き夫、亡き母の記憶に連なる、そして歴代の家元に思いを馳せる営為でもあるのだ。

長男がふと吾を見るまなざしは亡夫《つま》に酷《に》似ていて心ざわつく
引き出しに亡夫の使いし万年筆彼の名前をそっと書いてみる
仏壇の前で思い出語る時夫はだんだんいい人になる
「ただいま！」大声出すも返事なく余りに遠い彼岸の君は
横顔の母に似てきしわれならん未だだよと母の声する
日傘閉じ母に私が見えるよう夏空仰ぐきょうは命日
母寛ぐロッキングチェアはその昔楓であったこと知らないだろうな

転生が叶うとしても必ずや父母の子・子らの母でありたい

お茶が歌集の大きな柱の一つであるならば、もう一本の柱は家族、特に今はもう亡き家族がテーマであろう。

先の歌でも引いたが、亡き夫を詠って印象的な歌が多い。子供の姿形や仕草、声などに面影をみる歌は多いが、眼差しという捉えがたい事象に亡夫をおもう一首目。夫がかつて使っていた万年筆で「彼」の名前を書くという。こういった場合「君」と表現することが多いが、「彼」と書くことで途端に対象化されるように思えてくる二首目。

親に似てくることを自覚する歌は多いが、それが横顔となると一気に珍しくなるのではないか。ここにも藤波さんの物事を対象化する視線の一端を感じることが出来る五首目。その母に自分が見えるように日傘を閉じる六首目も深い印象を残す。対象化とはつまり外からの視線を担保することであるだろう。

楓のロッキングチェアは母がかつて愛用していたもの、その椅子自体がかつての自身の姿を覚えていないだろう、と夢想する七首目。ここに多層的な記憶の不思議さを思う。いま眼前にある椅子はかつて母が寛いでいたことも、そして自身が地に根を張り生えていたことも忘れているのだろう、と想像する。モノ自体が持つ記憶、あるいはモノが喚起させる記憶装置といったところだろうか。そういえば

立ったまま枯れてる木って悲しすぎ枯れてることにいつ気付くのか

こんな歌もあった。

真面目くさったことばかりを書いてきたが、じつは藤波さんには茶目っ気のある歌も結構多い。

一位の木縁起良い木のはずなのにその実入れると魔女の毒鍋らし

黙々とジャムを煮る吾もしかして媚薬を作る魔女に見えるか

投票日デモクラシーソーセージみたいなものがあればいいのに

襖閉め灯りも消したはずなのに童子《わらし》の気配　いいことあるか

藤波さんはどうも魔女になりたい、と思っているふしのある一、二首目。一位

の実は外側の赤い部分は美味しいが核の部分は毒を持つ。媚薬を作っている歌人というのを私は初めて目撃した訳だが、当の本人はそんなことはお構いなしにジャムを煮続けている。きっと効果抜群の媚薬になるはずだ。デモクラシーソーセージがなになのか、厳密にはさっぱり分からないのだが、こんなユーモラスな比喩でもって社会情勢を詠い、座敷童子を感じることを吉兆とする。こういった開けた明るい精神性が一冊に健全さをもたらしてもいよう。

最後にもう一点だけ、藤波さんの特徴を挙げておきたい。

床の軸「瀧直下三千丈」文字力すごし瞬時汗ひく

誕生日無意味なことがしてみたい薔薇という字を書いてみよう

一本の傘に四人はちょっと無理まずは語源調べてみよう

耳三つ囁くという字不気味なり語源調べて不気味さいや増す

言霊、という言葉を持ち出すまでもないかもしれないが、藤波さんはどこかで言葉に対する絶対的な信頼を置いている歌人なのだろう、とこんな歌を読んで思う。軸に書かれた文字で即座に涼感を感じ取った一首目。無意味と言いながら、決して無意味でないことを思いながら書く薔薇の漢字。三、四首目などは似た発想だが、「傘」に「人」が四つも入っていることのおかしさ、「囁」に「耳」が三つあることの違和感、それらを不思議がることで語源にあたり納得していく。そんな中で

「淡」はわが好きな漢字のひとつなり水と炎で「あわい」と読むを

この一首に出会ったときに「ああ、藤波さんだ」との思いを強くした。水と炎、互いに打ち消し合う正反対の極端な性質を持つ者同士が同居する漢字。二つを合わせることでお互いに中和し、淡さを醸す。折り目正しくお茶の稽古をしながらも、そこに新たなエキセントリックな風を吹きこもうとする企図、亡き家族を偲びながら自らは魔女たらんとするコケティッシュさ、人間が本来持ち合わせるそういった相反する二つながらの真情が一首には籠められていよう。「あわい」には語感として「間＝あわい」に通じるところもある。水のような静謐さと炎のような激しさの「あわい」にこそ、この一冊の魅力があるのかもしれない。

あとがき

喜寿を機に何かに挑戦をと一念発起。遅馳からの短歌スタートです。目にするもの、耳にするもの、感じるもの何もかも詠んでみたくなります。恐いもの知らずそのものではありますが、詠まなければなんて義務感いっぱいの自分、それを少し離れて見ている自分をも感じたりして、今とても心地よい時間、心地よい日々を過ごしています。

この度奇しくも「山上憶良短歌賞」をいただく幸運に恵まれました。調子に乗ってもっと深く、もっと丁寧に短歌を学んでいきたい、とのとても心地良い気持ちに今どっぷり浸っています。

まさに舞日是好日ではあります。

永年にわたり多くの子ども達と共に過ごしてきた公文式の教室も四十五年が経ちました。幸い健康に恵まれ、子ども達の先行きをみていきたい欲求や願望が衰えることなく今以てどの子の将来にも関わっていきたいとの気持ち満々ではあるのですが……。

今回は茶道を詠んだ歌が大半ではありますが、次の機会にはこれまで関ってきた子ども達のことを詠みたい、詠まなければならないなんて気持ちをもて余しています。

思いもしなかった短歌に、突然はまり込んだにも拘らず丁寧にご指導いただいた永田淳先生、ありがとうございました。あらためて厚くお礼申し上げます。

藤波　舞

二〇二四年四月

歌集　舞日是好日《まいにちこれこうじつ》

初版発行日　二〇二四年八月二〇日

著　者　藤波　舞
草津市東矢倉四―一四―二二―一〇八（〒五二五―〇〇五四）

定　価　二五〇〇円

発行者　永田　淳

発行所　青磁社
京都市北区上賀茂豊田町四〇―一（〒六〇三―八〇四五）
電話　〇七五―七〇五―二八三八
振替　〇〇九四〇―二―一二四二二四
https://seijisya.com

装　幀　上野かおる

印刷・製本　創栄図書印刷

ISBN978-4-86198-601-7 C0092 ¥2500E